吴小虫 著

YUN
DE
DI-YI KE

云的第一课

天星诗库·未来新势力

山西出版传媒集团 北岳文艺出版社
·太原·

图书在版编目（CIP）数据

云的第一课 / 吴小虫著. -- 太原：北岳文艺出版社, 2025.7. -- ISBN 978-7-5378-7047-4

Ⅰ．I227

中国国家版本馆CIP数据核字第202572PT77号

云的第一课
YUN DE DI-YI KE

吴小虫 / 著

//

出品人
董利斌

选题策划
王朝军

责任编辑
王朝军

书籍设计
张永文

印装监制
郭　勇

出版发行：山西出版传媒集团·北岳文艺出版社
地　址：山西省太原市并州南路57号
邮　编：030012
电　话：0351-5628696（发行部）　0351-5628688（总编室）
传　真：0351-5628680
经销商：新华书店
印刷装订：山西人民印刷有限责任公司
成品尺寸：140 mm×210 mm
字　　数：152千
印　　张：7
版　　次：2025年7月第1版
印　　次：2025年7月山西第1次印刷
书　　号：ISBN 978-7-5378-7047-4
定　　价：45.00元

本书版权为本社独家所有，未经本社同意不得转载、摘编或复制

目 录

第一辑
无如体验
▼

003　回乡记
004　局部的苍凉
006　大象之死
008　正反
009　夜抄维摩诘经
011　影子的诗学
013　无如体验
015　寺中林间
017　风沙祭
019　明亮的部分
020　片段的活水
022　凝视

024　人世回荡，人

026　大叠水或九龙瀑布群

028　此生

030　劝慰

第二辑
在意义的口子上

035　腹诽

037　在意义的口子上

039　猫

041　在必要性中

043　圆觉洞

045　老舍故居门外，读其《端午》诗

047　火柴

049　今天的河流

051　黔西

053　问道神通寺

054　漏水

056　问

057　声音

058　时间的雕塑

059　牙膏的用途

061　沉浸式老年生活指南

第三辑
游荡
▼

065　大慈寺或一条凳子上的
066　修伞
068　郎酒记
070　宝箴塞
072　问答,在稻城亚丁
074　过陈毅故居
075　在岷江边夜饮
076　三岔湖上
078　玉林
080　北碚,一个周末
081　清明,在陆游祠
082　高槐
084　早安,西江河
086　去越西
088　游荡
090　在明月村挖笋

第四辑
爱与哀愁
▼

095　伤秋

096　诗歌与人，兼致徐萧

098　散步

100　春天

102　四季

105　守望

106　爱与哀愁

108　身体中的末日

109　感染

110　慈寿寺塔

112　一瞥

113　诗是诗了

115　花朵何时凋零

117　关系和祝福

118　在霞浦，听来的话

120　九月

第五辑
一个周末和曼德尔斯塔姆

125　傍晚，一只狗子穿过人世

126　接近

127　生病记

129　中秋诗或母亲

131　一个周末和曼德尔斯塔姆

133　自我的少年

134　云的第一课

136　清洁

138　明白

140　今年夏天,我总是醉得很快

142　希望看到兔子

144　立秋小记

146　操作台

148　石像的情欲

第六辑
今夜的母亲

153　挤压

166　今夜的母亲

178　转身

183　折耳根

187　小面

189　回锅肉

191　烧白

193　魔芋

195　泡菜

200　哈戳戳

202　不晓得

204　抵拢倒拐

206　妈卖麻花

207　儿豁

209　老师

211　跋：灯盏或古老的心

第一辑　无如体验

回乡记

北风吹着我的缺口
发出呜呜的响声

这互相伤害的爱
让人哭泣

局部的苍凉

再一次在诗里爱上每一个人
理解他们的偏执,更理解他们的
悲凉。理解从生到死的一瞬
我的内心留下许多梦幻的脚印

已经无法再一次,黄河裹挟着泥土
冲刷干涸太久的河道,她的旁边
是世世代代居住的村民
种植着秋天就金黄金黄的玉米

和谷穗饱满。看苍天大地
一生的起起伏伏在河面上翻转
奔突,互相撕咬,而血和灰
就是过后平静的无欲的水面

谁能理解那局部的，细小的伤口
他死于肺癌，他们死于缺乏信仰
而她和死对抗着，挣扎的痕迹
又一次被淹没在堆起的浪花中

凉风吹来，吹那滚烫的肉体
他感到无比轻松，任风将头发吹乱
是的，没有比原谅更易上升到星空
他站在河岸静静地哭泣起来

大象之死

草甸以绿,泉水以山
唐朝的驿站被稀释着
游人花 20 块钱就龙袍加身
一滴大海藏于瓶中
看天际白云朵朵风吹斜了柳枝条

张有梦不管这些,他要养活那个小家
三十年老妻埋于地下
二更天左腿预感阴沉
垂垂老却并无形象,延残喘仿佛等待

身处其中的意思,每个人都参与了
大象之死
如何在茶歇中思乱离,刀枪入库

思流血,见清澈以为是清澈
能被伤害的,也只有对等之此身

且上仙女山
且在天坑地缝

正反

许多时候我感觉自己已经死了
我是在代替一只猫,或者代替另一个人
活着。
活他们未完成的生命和梦,爱与悲欢
在一瞬间,地水火风
一个事实是一只猫或一个人
可能在代替我们死去
死去我们的悲伤、寒冷和灰烬
我常常用此反驳自己
就好好地享用现在并以一位死者的心态
从墓地返回的幽灵,提醒世界——
轻点轻点,别让天平倾斜

夜抄维摩诘经

如果可以,我的一生

愿在抄写的过程中

在这些字词里

当我抬头,已是白发苍苍

我的一生,溶进一滴露水已经够了

灵魂饱满、舒展

北风卷地,白草折断

我的一生,将在满天的星斗

引来地上的流水

在潦草漫漶的字体间

等无心的牧童于草地中辨认

或者不等

高山几何

尘埃几重,人在闹市中笑

在梦中醒来——
我的一生已经漂浮起来
进入黑暗的关口
而此刻停笔,听着虫鸣

影子的诗学

有一次我乘轻轨过长江
在中间的停靠站上来一女子
我羞于看她
而在玻璃的反射中
刚好能仔细地欣赏

随着列车的驶进
有人到站了,有人上来
她的反射的影子
在一晃一晃中消失又复现

不得不承认
我交汇的只是玻璃反射中的
影子

这些显示的两个空间
让我的肉体有了永远的空虚

那又是谁
在另一个世界向我投射
作为影子,今夜
并没有一杯酒相对举起

无如体验

四年前,风吹蒲公英
中秋那天,坐船在三峡
望月

四年后也是小半个
重庆
柯艺兄约
婉谢,点了干锅
里面有排骨和肥肠
豆芽、木耳等

酒。

虽然肥肠已焦煳

路灯看上去清寂

多么好啊

你的心成为仓库小猫的心

拖把上爬着蜗牛的心

门前广玉兰之心

没望月

寺中林间

那些缠绕就不要去管了
你就沿着这早晨的林间
清新和翠绿地走去
这才是通往你生命的道路

桥边一片荷叶上的死鱼
她的身体已经僵硬
你会觉得即便还活着
也不是多么高兴的事

你微笑是出于礼貌
谈话是为了沟通
见过你青灯独坐的样子
正好与周遭平行

还没学会空中抓物
没学会寂寂中泯然一笑
所有的反对是肉体的反对
你才走到这林间了

而正是这林间的温柔
你获得了重生的机会
继续往深处走去吧
不妨吹起口哨

风沙祭

我的祖先亲人,永远地
沉睡在晋北的土地
永远地分别、怀念和忘记
无法回到故乡
以及一条铁路呼啸
要从他们的墓地中穿过

就再也没有了永远——
我的爸爸,去给他们上坟
纸钱点燃了周围的荒草
火势汹涌
烧了裤子
他知道,火焰正是母亲双手
将他再次轻轻环抱

北方的风刮来刮去
我唯一的记忆,每到春天
从塞外吹到脸上嘴里的
牙齿咬住风沙
没有谁会在意,说话间
就将它呸出并同尘埃

却是湿润的一生,教会我
伏下来看蚂蚁们搬家
这边搬到那边,满心欢喜
关于活着,我永是业余爱好
关于写诗,我知道
就是抱着石头自沉

明亮的部分

为什么不轻松一点呢？
事物总有倒影，你刚好在阴影中

保持单纯、善良、谦虚
永朝着明亮的部分

片段的活水

在搜索引擎上，键入"缙云山金果园"
几乎都是，清一色的导游广告
以及不痛不痒的吃喝玩乐
（我们这个时代的整体景观？）
我也是听了70多岁的老太胡泽惠闲聊
去年国庆，金秋十月
嘉陵江水深蓝、浅蓝？裤腰带蜿蜒
在一片广柑林下，在一排排沉睡者的墓前

我觉得我有点历史感了，历史的灰尘
总在夜晚的灯下被弹起，不停打喷嚏
如果诗歌只能告诉我们当下，也是种折断的
失去。总有古塔下的看门人出来倒水
总有破庙晒着冬天暖阳的尼姑

并不讲述，角落残雪，柱子刻痕
你朝那口枯井凝视如果，片段的活水
就是过去、现在和未来

凝视
——香积寺门前的乞讨婆婆

不是高低，而是山
不是盈虚，而是月
不是古今，而是寺
不是贫富，而是业

你所看到的未必真实
也许她是为表法而来

不是道德，而是知
不是灾难，而是恶
不是技艺，而是心
不是爱情，而是悲

你所看到的是事实

黄色胶鞋,卷起裤腿
一顶草帽与衰颜

她是在向我们乞讨吗
合掌的瞬间向着天

人世回荡,人

渺小的含义,或许是距离
天上星星冷眼
热肠亦在奔腾江水

我想起那年冬天,和几个朋友
在嘉陵江边,瑟缩着
整个河床裸露出来

没有直接返回,水边的岩石
虽然被磨平,光滑
死,也是质地坚硬的暮色

立于其上,站立良久
负托着,同样低缓

而热望,正从雪山向上堆积

擅长戏谑,同样的流淌
一个朋友正是洞见
"江水永不改其容色"

大叠水或九龙瀑布群

一生与水有关。海中金命

流淌——流经晋北的桑干河,自我成年

逐渐枯萎——流淌

求学时登上太白山顶,呜咽阵阵

红河古道顺势,让我独自返回

我于母亲的沉睡大地,暮立冬日汾河

流淌——翻秦岭,入长江

在一座古庙中打破自己,流淌

又重新结了新的疤痕

那写诗是做什么?问到这个问题已经

漩涡螺旋、升高,水柱直通乌云

有时就是瞬间

有时又来到曲靖罗平

在九龙河前,逗留、弯腰耍水

明白微弱的灯盏，流淌流淌流淌——
然后，独自返回

此生

从图书馆出来时,刚好下午 5 点
我带着借阅的两本书
从那位工作人员身旁走过
我觉得自己应该配合她的疲惫
她坐在椅子上,打着哈欠
如果不是穿着工装
周围有那么多人

当我从她身旁走过,我内心的红灯
却像走在寂静的荒原
我不明白那一刻的感觉

刚好是下午 5 点,外面街道上
车水马龙,人潮熙攘

我想我爱这世界，但赶紧收起念头
挤上最后一趟公共汽车
对了，我租借的那两本书
一本是关于尼采
一本是释迦牟尼这个佛

劝慰

词不达意。问题
不知是生活还是诗歌
一只小橘猫
还是快要亮了的清晨

时间推动,浮冰
而我信奉着燃烧
在低头弯腰的劳作里
并不等同于果实

见过自然的盛大
风吹四野,松影摇动
蒲公英的种子低空滑翔
乌鸦叫了一声

出于自性的地球

何时有了灰色的担忧

怀抱有情世界众生

面容冷淡平静

如果能从地平线

抬高一眼看去

依然是一只橘猫

入夜，流水和在流水中

第二辑 在意义的口子上

腹诽

午饭后,铺开一张用过的纸的背面
空白还是
我在阳光探进腿来的阳台准备
写诗。
电脑坏了,正好回到那时
少年于高考教室的最后一排
把命运缓慢移接到纸上

不知现实深浅,人性的
黑洞。翻抽屉找不到黑笔
随手拿一支红色的写起来
甫一见面就掏心掏肺
人形模样,体温冰凉
画地为牢,露出牙齿

世界为我所用，我在其中擦着皮鞋

大而无当的问题
有过什么历史性失去以及
转折的艰难，宇宙微尘
白癜风与意气风发春料峭
灾难之后尤其，对本身为何
为何啥子，淡而化之
况你是个顺序中的小弟弟

回到流水中，水中没有鱼
满是古人伟大的智慧和腹诽
咕嘟咕嘟咕嘟咕嘟
我都要笑场了，我的阴暗我的
卑鄙——
割去头颅并排坐在一起观看
鸟兽散后，空空的剧场

在意义的口子上

马拉美题赠卢曼尼小姐
他暂时放弃了象征和幽晦神秘
受制于其美丽容颜和自然明媚的
笑声。大于语言与思想
诗的一次主动投河

白居易题赠定光上人
他被另一种行为美学所攫取
更多的,是自我批评
吾怎么还有这肉身,吾
一直在眼睛所见耳朵所闻的
深渊

当代稍微差些。游戏精神

实用主义,且缺少古典中正之风神
在意义的口子上再敞开
那时,你和足疗的老板
整个上午中道街之日常图景
咀嚼、消化、排泄

而站立起来,做眺望的样子
刀锋朝向谁人
另一端向世界的更深处
如泥鳅横陈盘内,翻滚的火锅
不断试探不断融入

猫

如不是自己养的，它出现在夜里你去小便的
卫生间里你会突然吓一跳
那么一个毛茸茸的动物，换作其他
早就乱作一团随手拿起什么驱逐剿灭了
公然观看你的生殖，不会被喊流氓或进监狱
按照主人的意志活着，主人的喜好
阉割蛋蛋、头戴花帽、打虫洗澡
供我们在忙了一天时以抚摸闲情娱乐
这些都是它们主动适应的，亿万年前
食物链中，猫是吃人的，现在老鼠也成了朋友
总是在你的视线范围内活动
像个跟屁虫走哪儿跟哪儿
（以为自己是亲生的吗）
总围着你转并露出柔软的肚腹

总想跑进卧室睡到你的怀中
……
你满心欢喜每天醒来撅起屁股铲屎
心生爱怜网购好吃的适龄猫粮和玩具
要是调整时空
成了澳大利亚的公害,"15年内全数灭绝"
它们收起锋利的爪子和咬啮
认领了"萌"的美学并持续扩散
相处久了,你喊它过来,它真的过来
踩着优雅的轻盈脚步
更多时候,那是一种模棱两可的反应
使你作为主人的权威受到漠视
它吃了睡睡了吃你会觉得好笑
或许在它看来,人类的事业才没意义
较什么真啊看你们枉费心机
照顾好自己啊我一会儿去玩跳纸箱

在必要性中

形式即内心
乱糟糟的不算,比如我的书桌
实际上,从那种无序中
无限敞开一个高速旋转的世界

意念即天地
发行部老黄嘴上德性启发了我
在小小的蜜蜂飞起来
振翅千万而轻盈地观看

拉齐尼不一样,他本能地上前
伸手去拉掉入冰湖的孩子
这里面有河水与春天的一个契约
勇敢即造化

在必要性中,可知遥远的地方
笑起来露出虎牙的姑娘为你
哭泣
每一个日出日落

注:2021年1月4日,喀什大学校园湖边突然传来呼救声,一名儿童掉进冰窟。正在该校参加培训的新疆塔什库尔干塔吉克自治县塔吉克族护边员拉齐尼·巴依卡闻声赶到,义无反顾地跳入水中。孩子得救了,拉齐尼却不幸牺牲,生命永远定格在四十一岁。

圆觉洞

创造已经结束了?我们说起唐宋
好像说起一团夺目的金黄以至于有千年的
失明,而对着这些没有头颅的佛像静默
但请看北岩造像区,保存相对完整
依山而刻,无论是舍利塔还是圆觉洞
释迦牟尼佛还是净瓶、莲花两观音
艺术的完美令人再次匍匐在大地上
人的渺小和谦卑、琐碎,再一次联结
圆觉洞里,挤满了菩萨和游客
可能刘川觉得吵,在对面的凉亭坐下
跷起二郎腿看着走来走去的人群
他也是个菩萨,保持觉知处世圆融
从沈阳那旮瘩的石头上走下来
并不是石头让我们面向东方

能有什么办法呢?永恒的困境逼仄
谁谁谁的花裙子吸引着眼睛
谁谁说错了话,想着找机会去修复
那微妙的情感有一片叶子贴在湖的中央
而在这时——得以瞻仰注目十二圆觉
在柱子和墙壁间发现一株绿色小草
始明白无论什么,摇晃自己使颜色均匀
在洞外,卖李子的老农用奇怪的眼神打量
同样的肉身作为媒介去不断接近
构成绝对的绚烂复又平淡终见真挚
善用其心所以,说的是成为什么样的人
艺术才有了生动的描绘和点睛之笔
但为什么不是"我们"而是"我"
远处的柠檬树林发出圆形内部的喧嚣
也只是为了成长而透心的青涩脱离
抽梢、开花、结果,结果有大欢喜
我本浮屠三尺浪,也曾照影一枝花
间接是永恒——

老舍故居门外,读其《端午》诗

我们还在重庆,烽火硝烟的日子
而他们在他们的时空
6月18日,端午时节,一个人独居
没什么灵感,站起又坐下
风狂雨狂,路边玩耍的孩子衣不蔽体
吴组缃到访寒舍,身披蓑笠
满脚的泥浆带着情深,请我去家里过节
也不顾桌上未完的小说章节
一起踏进这满是泥泞的道路
原来也伴有田地整齐,视野高阔
一条清澈溪水曲折流淌
翠竹像卫士一样守护在岸边
如果不是雨天,在道旁的密林里
一群群的白鹭飞起,刹那间我的心

也跟着飞起去救护困苦之人
舒姓庆春,庆祝春天的大地复苏
字舍予,舍弃自己给予
但给予我的永是朋友们,视我为手足
组缃最近养了一只小花猪
每次去,我必然向它鞠躬致敬
一次花猪生病,吴太太的脸色红白
交替,组缃也不自在
我主动建言给它吃奎宁
说不定得了疟疾或肚里有了虫
要不就让花猪捂着被子睡一觉
终究是医生灌了汤药,之后好起来了
在北平那会儿一起过端午
鸡鸭肉尚且丰富,如今一盘凉拌藤藤菜
从隔壁菜园子摘的毛豆水煮
高粱酒,组缃得了稿费打的
已经足够,足够我有勇气活下去
茅屋,孤灯,照着梦痕

火柴

用一束向日葵结束之前那些坚实的
日子。日子里的光辉
一棵无可救药的树弯向另一棵
并不知道自己无可救药
他弯向另一棵,直到贴近泥土
早已没有了什么泥土
水泥石子路的建制,两棵树
相互依存,风不停告诉他们
你们是椅子、桌子、门板、火柴
他相信了这一切,也相信这其中一定
有爱。但爱和爱是一样的吗
弹射性地,回到了原来的位置
那阴影的重量势必砸伤另一棵
星移斗转,疫情苍茫

总是错位的环扣叮当作响
我们除了惊愕、无奈,感到更多的
自身渺小的存在
人群散尽之后内心的灯亮起
每一个日子都系着绳索,在飘起时
被拽紧、下沉
紧握在另一双将他擦划的手里

今天的河流

今天的河流刚好够一个人的
要求再多,就是对另外的不公平
每天的午后,每天的沿着河边行走
只为了每天而并不是河流

顺着河水的方向,她比昨天
稍微慢了一点,巨大的长形绿色圆桌
沿着她走——风光的旖旎飘逸
水上依然有船只众多的盛象

逆流而行,让河水冲刷我
因为炎热潮湿生长的心之杂草
另一个时空摇动清晨露珠
另一条河水干涸了也向前

立于桥上，依然是如何
内内外外的惶惑（战争？自我？）
河流的河流并不能满足每一个
某个时刻进入了回水区

通过观察、眺望、游泳而并不是水
在逼仄中，坚硬的样子双脚着陆
今天的河流是一种静水流深
年轻人也加入垂钓中

黔西

一生仅去一次的县城,像一次梦幻之深
在那里停留两日,嗦牛肉粉吃柴火鸡
本地葡萄和外地女婿
应县人和大表姐大表哥
当然,从王步成床前的窗口望出去
县城有种心静如水的品质
微雨飘落房顶、水塘、门楣和对联
水西路上卖菜的理发的开店的
早晨蹲在门口刷牙的男人怔怔地望着你

但这从来没有减缓共同的隐衷
带着热望而从老旧泥泞的日子脱身
一点一点,县城迟钝地更新
更多时候是深夜的烙锅灯火阑珊

联结血脉与河流,在近期的暴雨流淌浑浊
庞大、干枯、无情有情、花儿野树
水西公园去过了,观文石塔粗壮擎天
塔身刻着些乱字:鹿晗我爱你
当我们拜过观音阁、奢节衣冠墓
总觉得什么力量将这里笼罩庇护

而散落地躺着玩手机,老太难听的歌嗓
有益身心——在新城片区的珠宝店中
紧跟时代——活着必须适应
那日在大街上走得有些累了
洗脚的技师早早辍学,手生地
按错命运的穴位,不停说着对不起
当然,对于其他人,清对淡薄对浓
我早晨的情欲在县城不恰当地充血
似乎人生终找到了飘荡的归计

问道神通寺

作为一个靠写字为生
靠写字立命的人

不要害怕树影憧憧
不要以诗为诗……

漏水

那晚我们开车去吃饭
新店,牛骨头,自助
我爸在快手天天看他们直播
几次提起,什么时候
去吃一下——人生晚景
不知还有多少期待,对于吃
(进入或贪图)
只剩下吃,他的糖尿病高血压
半夜起来也会去厨房看看
仿佛藏着家传宝贝
想起他小时,步行几十里
要把学校发的馍带给姑姑
我们,各自遥远的模糊生存影子
终将得到秋之最高礼颂

那血脉里的河流奔涌并不会

在又一个冰雪飞舞中骤停

他们得到了一个诗人

我得到了虚空中的哀叹

日益坚固的生活，哪里在漏水

挤在一个车里路过

万豪酒店前的交通事故

一个人酒后开车侧翻

栏杆刺破挡风玻璃，听说

直接刺入喉咙（当场身亡）

人围了一堆，车轮蹑手蹑脚

对于颠倒冷酷的世界

他走他的，我们去吃我们的

问

世界迟早为赤裸的老人镀上金身
却最容易被刺穿,外强中干
过早地,从孩子变成老人

我们竟然没有年轻过

战争就不足为奇了
死亡也只是个小事,尤其现在

那奥本海默,你忏悔什么
当死神满脸正义

在中东,巴以,谁的大手紧抓一把
变形的土地,血,沉默的呼喊

谁的命运,被决定永不长大

声音

转发了一条下雨的视频
主要是为了熄灭自己
过多的欲求和满脸正义
过多的自私麻木以致
全身臃肿
不是该匍匐在大地上吗
你怕弄脏了新买的裤子
不是应该视众生为母吗
怕被笑话有书呆子气与执拗
那万箭穿心而来
要以什么样的姿态迎接
那雨从天空而来
你想即刻现在走进雨中

时间的雕塑

人在时间中变老了
时间中的栅栏还未拆除,时间中的
眼泪坠落烧成灰烬
已知自身命运
却不了解时间的变形与错位
每双眼睛前都有面多棱镜
装着粮食、蔬菜和刀枪,没有水
来缓和清洗这一切一切的自我
误会带来的多米诺
还要为此再辩解什么吗
颜色脱落的语言只剩下牙齿
迷途知返者发现,到处是墙且如此
逼仄
要继续站着,以便假装成为雕塑

牙膏的用途

最先感到寒意的，应是那扇玻璃门
她是物质的，也是透明的
只有上锁后才能感到隔断
这和隔阂属于两回事，心的距离
抬头你只能选择微笑
热情并且有时主动，包容

不想让低飞的叶子垂地

实际上，叶子一定要垂地的
寒冬萧瑟，茫茫大地真干净
轻易抵达了生命的实相
一个情况是，我理解了你
你却望着北极，那里的熊甚为好看

也罢，过往多少热烈翻滚

忽然获得了秋天一样的安静

很多事，像挤牙膏，应一应
而牙膏皮是用来补天的
拓宽自己的方法，包括站起身
走出那扇玻璃门
走出人群，和另外的事物待一待
过多的忍耐能否成为美德

有必要为重新发现露出牙齿

沉浸式老年生活指南

我爸,马上七十的人了
在老家驾校做科二教练
他从来不发朋友圈
现在,每天

"随着驾考政策的不断变革
再加上近期油价等物价上涨
学车费用涨价已势在必行
早学车将在无形中省一笔开销
报名电话:130976897xx"

"高考结束后约上好友
到金凤凰驾校一起学车
再续同窗情

一起学车一起拿证
假期一起自驾旅行
联系人：吴教练"

驾校规定必须多宣传转发
我爸，乐此不疲
他朋友圈头像是我给拍的
春节，雪后，站在他的教练车旁

看着我

第三辑　游荡

大慈寺或一条凳子上的

曾经我也是这寺中草木
风吹过,在树梢弹着他的琴键
某日于车水马龙的路旁瞥到
提着两个包子,右腿习惯性迈入
竟然有些陌生——

我在大雄宝殿前的凳子上坐了会儿
时针的魔法,变换生活的姿势
一个衣着破烂的乞丐
一个异样眼光的婆婆
在同一条凳子上寻求片刻歇息

只那经堂传出的大悲咒我熟悉
虚妄的岁月
要留一点玻璃的温热反光

修伞

惜字宫南街路牌旁,低矮的旧房子
还住着上个世纪的成都
开门做生意,木板上用毛笔写着
——修伞
那个老头端坐,没有一丝
因天气变化而出现的焦虑不安
街的对面,像是高大的阴影笼罩

那么,这个时代,下雨的时候
十块钱一把,二十、五十、一百
流水线的制作,材质轻巧
符合一次性消费的标准与思维
当灵魂也被消解,梦
塑料的星星月亮成为指引

室内风景的奇观,头探入电脑屏幕

修复一段关于伞的回忆?
那个人,又从往事中回来,笑
仅收五块,最多十块的修补费用
廉价的手艺,在晚年发光
雨珠撞击然后纵身一跃
重新撑起来的圆满,向上托举
像是把高大的阴影也包含其间

郎酒记

当我们从成都晃晃荡荡

路经二郎滩大桥时,因困倦半眯着的

眼睛像被河水擦亮

这里不同别处,一河两岸

米红粱从汉武帝的唇舌扬尘跑马

滴落岁月斑驳的结晶

(而我们并不相信时间)

总以为,时间是现代的名词

像在郎酒庄园,白酒之帝国

千年后闪耀亘古不变而香气愈加

醇厚迷醉迷失迷途复又醒来

想关山路远,一己悲欢

千忆回香谷去看过了,巨大的钢铁酒罐

蜿蜒排列在山谷之中

金铃子刚获的十万元奖金的爱情诗

首先应该献给酒。她的银行卡在跳动

十里香广场也去看过了,露天陶坛

辛弃疾还在南宋"沙场秋点兵"

东灵和词发兀自抱着一个合影

在这天宝峰之巅,一些事物秘密地进行

云蒸霞蔚,风霜雨露

在陶坛微细的壁孔和酒液做着交换

驯化了的野性,祛退了的烧火

仿佛少年经历人世终于明心

一切都要顺应天意,从云朵铺下的梯子

仰望与俯首,诚恳与拙勤

但这离一首真正的诗还远,不过是

"上山采交藤,下山逢着醉胡僧"

老酒在天宝洞里,经书也在那里

空和色在天宝洞里,无智亦无得也在那里

凝神静听,抚触酒苔

似乎能听到他们的呼与吸

坛中日月痴痴笑

酒里乾坤真真长

喝了这一壶,明日我就准备返程

先应着自己的萝卜

宝箴塞

难以相信，这座城堡竟出于本能
自我保护——不像谁
要执意给历史扔一个深水炸弹
水花溅起，落下
轮到我们出生，偏患上失忆和脚气
多轻浮啊为避教（白莲教）匪乱
好妩媚啊捍卫桑梓身与心
宣统大皇帝还在紫禁城打瞌睡
川东北武胜县段襄臣正据险修城
一个自足的世界
（手表的）大小齿轮并运转
厨子的房间，我在门口参观过
雕花木床铺之以稻草
溃烂的气息却来自席梦思

一次性的爱情，一次性的
理想和总是被绝对性教导
且看柔嫩的花朵
过着不那么成功的一生
1932年正月十三，周君适第一次
见到了伪满洲国的溥仪
段襄臣公依东楼建西楼年逾古稀
必亲躬督造内心的样子
取出于胸膛，再遍植橙子和药材
尽乡绅和肉躯消失之即时绵薄温暖
力
我们都感受到了，我们
稍微修正了一下自己并把那天
命名为"箴"

问答,在稻城亚丁

我曾不止一次请教过
《贡嘎山》主编洛迦白玛
为什么藏区的人
都视雪山为神山
她要么笑而不答,要么
在某刻突然张口
——如果你就住在这山脚下
如果你的阿爸上山去摘松茸
如果草场上那些马匹忽然嘶鸣
如果,你在清晨的水边
看到命运的漩涡
瘦弱的双腿,沿着公路
一步一步走回去的黄昏
你肯定不会相信那部电影里

所讲述的爱情

风吹似的,万物沉默如谜

但又充满了绒毛的启示

(扎灌崩清修的僧人还在

雨后山间的双彩虹还在

……)

如果你只把他们看作时间的

一次偶然

那央迈勇只是央迈勇

净土上降落着尘土

过陈毅故居

月光照耀他过去生活过的地方
现在,他和家人们又生活在哪里

留下来的物质的,也是精神的
精神的又灌注到物质的他的书房

直到晚年在又一个落雪冬夜
看见窗外青松清癯瘦直正是自己

永世中的积累,大地上的挽护
大片荷塘应是双手握持进献的花

在岷江边夜饮

给我们做饭的,一个老船夫
从小就在这边长大
结婚后妻子随他上船
几次险要性命,"正是那漩涡
使我们的人生激荡"
他站起身对月一饮而尽
人世苦乐,水面轻轻晃动

三岔湖上

生命被高能量的光照耀

只是一个上午,也绝不是时间

只是一瞬却又经过多年

在高楼林立间的走道仰望

长方形的天空定格着认知

随便一阵风,你以为只是你

并没有什么其他消息

来到了一个天地广阔

被奇异的光照耀,船行水上

灵魂也跟着水鸟飞升

沸腾中的小岛,有一个土屋

谁在里面休憩

树丛的白是鸟粪的白

船尾分开的水是前尘往事的水

正在一个临界——三岔湖上
草木被草木和万物滋养
引水灌田,淹没的古镇
并未割断而逡巡着满面风光
四面八方注入身体,你并不是你
一直内在的喜悦
甚至听到了鱼群的叫声

玉林

在成都的天空下，玉林
依然延展着一种旧生活
赶早来卖各种土特产的人们
一种奇异的心情
林立在街道的一旁
这使得作为地名本身繁复的小树
有了点点平行的意味
——肉灯笼吐着白白的仙气

右拐，小巷，四通八达
你看到了，你看到了，无须思想的
有个人从水库里捕了鱼
顺着人世的泥流，安静从容游弋
那嚼动牙齿舌头

过于晦涩的悼词

在青菜、土豆、大蒜的铺陈中

有了彩虹和麻将声碰撞的融汇

可以一直在这里,仅两人并行

厚厚的棉睡衣,自在散漫

脚步走来天地不管

一杯青茶长在了胸前

峨眉的重岩叠翠这里孕育

青城的葱茏幽翠

王二孃的院子门前

文明是谁家的铲铲

玉林保持着玉林

风吹中一股自己的漩涡

我们曾在一种慢中从湍急的水

看到了自己的脸庞

当漫步经过那些小酒馆

你不会觉得那只是赵雷歌曲中的

成都,每一个清晨和夜晚

都有鸟鸣、咳嗽以及微弱的信仰

北碚,一个周末

浮生一叶
一叶有荷
第一次对外婆的唠叨
空空地欢喜
她说要给我带包子
我答不如带那个荷叶茶
她去中梁山看荷花
背回几枝,洗净晒干切小
壶内天地澄澈
清火、明目、养心
"在历代的凝视中"
有片刻沉没

注:"在历代的凝视中",陈先发《欲望销尽之时》句。

清明,在陆游祠

做一个什么样的人
已不需问大成殿旁白色的绣球
看着他人轻捻一枝合影
也会近前闻下散发的香气

楼亭观雨,星落画池
满眼嫩荫,一种风景
小径通幽尖尖新竹
放翁依然有苦倦游与千古愁

这是现代性的夜
涂抹红白黄绿紫的综合油漆
那涌动逐食的锦鲤不会
有着单一的命运

高槐

成都动车,二十分钟到德阳
邱海文、周中罡来接站
高槐,第一次听,我们一直
在这棵大树下
树越来越高,枝叶越来越繁茂
伏在根系,所想的依然是人生
何寄
周中罡和夫人胡榕盘旋了很久
最后在这里长养养常
城市触角的延伸,青山绿水中
"染云山房"一座
把天上的云揪下来染色并晾晒
风中鼓起的,草木之心
"但我们不是入侵者,鸟兽散后

留下一个闹哄哄的废墟"
让花有更多面孔迥异的伙伴
河水倒映婀娜身姿
鱼以为是她自身的美
实际上,在那个各自共有
三五闲坐而远天一片的下午
无须追问,全都是自身和看见

早安,西江河

沿水而行,这是走到了哪段
映照着谁的面容恍兮忽兮

在自己的缠绕,平平朝着天际
云彩大朵且胖

自由的追寻并非今天才跟上
它早在夜晚的水中让一尾鱼来宣告

波光闪闪像是解释着往昔
西江河永葆汩汩清流

客家,一家,方舟难渡分明
又流淌过每一个的眼睛和心灵

我生命源头的红日从未落下
人可以是桥,桥也可以是塔

在另一位诗人的诗里背诵清晨
在巡河人的背影中大声咳嗽

去越西

对诗的感受力越来越迟钝
只记住两个彝族人把我夹中间
他们是父子,亲情的唾沫星子
砸在哑巴的我的脸上身上

刚上车那会儿,父亲把李子分给
儿子和同伴
半夜堵在石棉山道,忽又问我
抽不抽烟(空气中一个圆)

有共振的是跟车女人
和司机丈夫共饮一瓶矿泉水
爱的微尘在交换
窗外茫茫道边有棵柠檬

县城歌手吉克伍果深夜弹唱
还是个独身,与艺术坚守
酒醉中都劝他赶紧成家,满世界都是
我们没心没肺奔跑的孩子

游荡

深夜的成都街道,越窄越有烟火气
每次微醺,我喜欢骑车在营康路
(家住附近)一圈一圈游荡
仿佛有什么失落与不快
仿佛被谁辜负,寻找着另外的
那些还在热火朝天喝着的年轻人
不远处,大爷摇着蒲扇面前一杯青茶
日杂店、足疗按摩店、水果店
关于吃以及更多的灯光让人
睁不开眼来
我常有一种轻佻之感——关于肉身
身后不断传来晨钟暮鼓
有一点明白,人世,一杆秤的两端
我也执着于"我",搅动湖水

何谈将内心全部晾晒,哪怕这是深夜的
成都。最后一块西瓜给你甘甜
猫的叫声忽然让你觉知
不同的整个的——世界

在明月村挖笋

人被自身带起的风裹挟
落地时，也有点点轻抚

光这片刻就足够
又张开饕餮之口

那日在明月
我还在想我的人间桃源

明月，产业化了的
和头顶那个稍微不同

挖笋，一种传统
而我们如此贫乏

笋之又笋,众妙之门
今年我才尝出它的美味

爱情和永恒已建立
只是需要不断修葺

第四辑　爱与哀愁

伤秋

他太小了
大概不到二十岁,那么瘦弱
穿着发皱的工作服
引导我坐下
问吃红汤还是菌汤

诗歌与人，兼致徐萧

众星归位。我又回到了成都
想起燎原问，"哪个才是你的真身？"

花牌坊交通巷家和楼 7 楼
我常站在阳台瞭望这座城市

就像你的诗，繁复典雅的
然酒后身体和内心的双重爆发

就在今天早上经过西玉龙街口
什么重新提醒了我似乎

霞浦的海向我们敞开，我们
向诗敞开而彼此客气地敲门

并没有说,如何活下去以及

一定要怀着一颗失败之心

散步

午后的散步给了人一种都市生活的
馈赠

我执着于我,在过马路的风中站立
羞于说起往事和心中的
不知那是不是爱,她有着身后府河
流淌的轻快(锦江春色来天地)
停下来久久观察,我们的一生
将走向哪儿在急流处跳跃
在前方有阻挡而回流的拥挤碰撞

那里肯定有欢爱。一尾鱼
模仿着白云形成它的鳞甲和权力
枝蔓着又横向流淌转复向前

她古老和年轻的样子是同一河道
她轻轻的歌谣散落两岸无数个晨昏
那引车卖浆,在河边喝茶打盹
那迎面走来两颊烫伤疤痕的坚毅

我的悲愁都太渺小
河流是重生的母亲和爱人

春天

翻检旧作,似乎并没有写过春天
在我生长的晋北,春天
黄沙漫天我母亲裹着头巾出去摆摊儿
一个聋哑人待在黑暗的屋子里喊叫
张志满天天打自己的老婆,有一次
直接踹到了她的头上
我的春天并没有窗户可以打开
犹记得,木塔前的喧嚣声日渐高涨
摩天轮碰碰车旋转木马哗啦啦
桑干河枯瘦,再也没有伸出温柔的手
轻抚夏天岸边光着屁股的小男孩
后来他去了南方,三月桃花开四月
就蝉鸣了……他没有了春天
活着,盖碗茶之上,无须思想

写作是一点小小的抵抗,抵抗什么
去年他去了一次海边,大海犹如镜子
照着过往和羞愧
同样的人透过围着的铁丝网
在冬天捂着口罩棉衣帽子观看
火车从远方来又到远方去,疾驰而过
的一阵风是哪一阵风
孩子们为之雀跃,春节也快来临
用不了多久就是春天了
"成为春天本身",这夜色中的星光
是来自大海的回声

四季

但我没问把小孩从山上接回来的
细节。
那个在别人面前永远强硬的老人
听说已经不装扮自己
一件旧棉衣上缝了好几个补丁
说话简短,没有表情
老伴儿和儿子去世多年
人世对于她越来越不重要

生之火焰燃烧了整个春天

郑元远洗脚店中,中年技师快步
为一位客人端来足浴盆
脱去她的鞋袜,按摩她的肩颈

那女士一直看着手机并不作声
胖子捧住她的脚掌
用刀片轻轻刮着皮垢,又剪去疯长的
指甲。
双手沿着脚面向上滑向脚踝

夏天总是这样悄悄来临

有一次我专门在新山村轻轨站下车
那里有我的一个空房子
朋友们说可以把它卖了或租出去
和物业聊了半小时后就返回了
——就是为了离家近才在这里上班的
——孩子今年 6 岁了,很调皮
——母亲前年做了个手术
——对,你看前面那片开阔的绿地

那多样的正好了解别人的秋天

意义像一个肥皂泡泡,飘起来的好看
终至于破灭。事实爬行着
灰烬成为我们唯一的证词

祁发宝站在河水中伸出双臂

陈红军冲进"石头雨",营救团长

陈祥榕、肖思远用身体为战友遮挡攻击

王焯冉拼尽全力将战友推上岸,自己

却被卷入了刺骨的激流中……

用什么进入冬天和下一个轮回

守望

"我们都太庸俗化了"
有时,只是为了看上去亲近一些
茫茫大海说的是茫茫,大海连接着天幕
而我起身去给花浇了一下水
花在那一刻只是花
普遍的困境,不屈的热望
惆怅的流连,顺手掐灭了第九支烟蒂
那无人的旷野和幽暗的下水道
打卡器一直冰冷地悬置
在生命的长河中守望
你随波逐流也好,逆流而上亦佳

爱与哀愁

总得被什么裹挟着前进
我还是拉黑了一个人
或者前晚,和戴哥煮酒论英雄
所讲的依然是
自己内心的河流
有镜子吗?照照我的丑陋
有巴掌吗?先左右开弓
久居川渝,最近才知道一个方言
频率的振动在空气中一响
指向我,笑着听完
当心中的花树葱葱郁郁
只为来乘凉和冬天的守护
我愿把诗写得再具体一点
一种质朴的光辉和恰如其分

在这个世界上，我们
交互的爱与哀愁……

身体中的末日

身体中的末日正悄悄蔓延
一半是近日失去亲人,毫无征兆
寒风刺骨,再刺入内心:
如果明天是生命的最后一天
我们该如何打算

我没打算,也不准备向谁告别
有只小鸟飞落在我身上
凭着这种信任,在光芒之中
我还有未绽放的玫瑰半朵
我还有此刻的道路和一起歌唱

感染

要不是大老远看到她满脸阳光
我才不会跑去买她的香蕉

她的香蕉是从大市场进来的
更像来自她的孕育

转过身是另一女人的冰冷麻木
车上的香蕉也有些生硬

灰溜溜称了几斤放在桌上
直到焦黑中起了白毛

凝视生命最后一种凄美
扔进杂草丛想起她满脸阳光

慈寿寺塔

昨夜又有叶子飘落
人世盲目而快速
空调排出的废气吹在脸上

什么指引你去慈寿寺塔
还在光绪的那场火中徘徊
不断出生,从未醒来

呆板看着呆板,老母鸡霸巢
小民骑跨骆驼——那驼峰
和塔尖形成的波浪

让你捉襟见肘不得已
"最大的罪孽,烧了父亲的照片"

污点,即使站在风高处

也是在慈寿寺塔底端
祈求忏悔,匍匐,成一堆泥土
意外长出了温情的玫瑰

注:《十三邀》节目中,钱理群回忆往事,痛恨自己亲手烧了父亲的照片。

一瞥

一条直线延伸

并不通向星空,也不委身于

大地

谁能看一眼老狗汪汪

并注视它注射安乐死的

离开

诗是诗了
——给何晓坤

年轻的我当时心中只有诗
对以笔为桨的诗人点滴凝重
占据了身体的大半部分水
让嘴巴渴让体内继续发炎红肿
照亮本就盲目的脑壳
酒后的造作与癫狂也归之于诗
诗是诗了,实际
并未完全赢得一团炽烈的火
这是个隐在的缺陷,风中摇曳
当我在人世的尺规中步步丧失
那拥挤中有着温暖的未来
比如在罗平,比如在成都
一个人就是一首诗有深沉的眼睛
和八字须,静坐饮茶

就是行走在滇东高原的山路上
一座他描述中的古老破庙
我并未抵达,正如也并未抵达诗
而在日子的磨损中怀想
"近一年受困老父之疾,几近崩溃"
人生路,匍匐平行于大地
不用看他什么面容,心之蔚蓝
飞着几只不是诗的真实之鸟

花朵何时凋零

如果早晨的光有启示,一定是
空调。如果空调有
那一定是世界太热了
我们,人类的拖拉机,已经
走到火焰山边境了吗
也是后来知道,为什么
要有肉身——大地
每一次的震动,飞鸟选择死亡
灵魂苏醒在这无声的律动中
为了在纷繁的绿树下小坐
那个时刻,眼眸和眼眸里的
另一时刻,古老和古老中的
各自,共同
单独,合一

一个更新的你,衣襟沾着深山

草木的露水透彻

我并没有轻易表达爱

我确实表达了爱,盈盈一水中

关系和祝福

在小店里喝雪花啤酒的后生
长相类似我没怎么去过的甘孜
他的车上待售的桃子静静地在门外
淋着雨
我吃了一碗素椒杂酱面
并非因为饥饿或更深层次的
荷叶托着水珠
大象突然奔跑
好像没有改变,而什么开始碎裂
扑通扑通跳着(的心脏)
我和后生以及桃子,不同方向
有点后悔没买上两斤
这样,我们的命运就有了交叉

在霞浦,听来的话

叶丹说,他是个文本主义者
一度说就是一首失败的分行吧
徐萧说——至爱无文

朴耳说,她喜欢下雨天
李松山说也想有一份相依相守
回到年轻的狂热的崇拜,家铭说

蒋在说她是吃面大户
苏笑嫣总忍不住哈哈大笑
一定要对人世开怀,亮子说的

琼瑛卓玛说人终有一死
小虾说我的孩子在腹中就皈了依

不醉不还,二冬说,今夜!

廷信说脸上的泥沽就沽些吧
西西弗斯也有痛风,芒原望着远处
在听来的话中,十四个不同的自己

忽然在身上全部醒来

九月

日子如有神迹
定是弯腰的一个动作
把一个倒了的空酒瓶子扶起
整齐地列队在走廊
可惜很少有风经过
呜呜响起的，会让房子里的猫
跳舞

那只猫一直伴随着我
它经历过的黑与等待
不断去问询墙上的影子
或者，去舔舐自己的皮毛
我也是最近才学会蹲下来
和它轻轻说话

不知往事会不会怪我

我已在风中吹干了身上的泥

第五辑　一个周末和曼德尔斯塔姆

傍晚,一只狗子穿过人世

它是自在的,灰不溜秋有点瘦弱
它是欢快的,仿佛前面有什么好吃的
经过时并没有看我
像我那样,常常将很多事物忽略
我感到了这个傍晚的美好
顺便把地铁坐过了一站

接近

有过体验,把心敞开
给予善意回应
就接近爱了。像昨晚
绽放,并非因为酒
天地广阔,江河充溢
美来自浸润
可以暂忘,每个人
故乡驱逐,城市流浪
滴血稻谷,蒲公英的
轨迹
繁星夜空,如此不安
朋友,带孩子打球
落树上,痴笑返回

生病记

一个苹果开始坏了

是从某个地方的一个小点

光照着鲜亮的部分,这会使人分不清

到底是光线还是苹果

欢乐有多少,阴影有多少

但总是投在别处,一只公鸡身上

咕咕鸣,叫着

也成为欢乐的一部分

那小点在悄悄变质

有悄悄的快乐,妄想接近腐烂

不是死——属于人类,他们会害怕,哭

苹果的腐烂多么正常

先是一点,接着大面积

先是果肉,大不了切去多半个

而人隐忍着微笑

在秋阳的午后骑车经过便利店

无谓的建筑，梦，锁链

背离又紧扣，垂垂复先发

只手拿起扔进垃圾筐无须再谈论所谓

命运

中秋诗或母亲

我没有那种中年感,倒是身上有担子
常觉时不我待
忙忙碌碌一环紧扣一环又一环
中秋时才发现一条河流的清澈
也意味着月圆或没有月亮双倍的孤单
这种况味,李白或许体会最深
那明月、我和影子共饮一杯酒
时候不早了,各自的风尘和道路展开

不担心这个,浮萍聚散随流水
在高高的山上生活着并不相关的人
正如对我的遥望而这种距离空间感
种植着一枝枯荷的心事
你无法视而不见,无法不短暂地变身

同室留下的猫也需要照顾

我们已接受自己成为机器,信息的干扰
比谁夺人耳目,成为流量的明星
那从虚空的黑暗中嗖嗖射来的箭镞
使你在早晨上班的路上思绪纷飞
仿佛疾病在远处睡梦中等候
而节日的欢庆很多门店都打烊了
曹操该休息了,刘备该休息了
士兵甲乙领了军饷回老家探亲

天生福薄,早已领受该有的一切
像母亲那样劳作
这个世上,她是我最想见的人

一个周末和曼德尔斯塔姆

我不像来吃面的。

倒像从列宁和斯大林时代回来的

胡子拉碴,神情恍惚

为了掩饰孤单和不安

而看着手机,最后和老板要回钱

愤怒地离开——

我愤怒于他人?

阅读阿克梅派诗选

无精打采,昏昏欲睡

注定无法伟大起来的正午

肉体在指针的行走中滑行

雨滴在玻璃上欢快迸溅

请允许我和自己做一点小小的
摩擦

自我的少年

时代的窗户纸,孙猴子的眼
至圣从香案上纵身跃下
要么在那里原封不动,自己
将自己打破

大海已去天上,群山进入阴影
月亮,正在月亮上灭着闻见
我删掉了抖音,屏蔽朋友圈
开始学习少年时的积木堆设

云的第一课

每次回应县,最喜欢看云
天蓝得正好云随意成形
有时一团乌黑有时像谁放了火
晚饭后父亲感慨,从前
心交给手梦交给路
杂草尽望,花大姐水包头
我们也是其中一员

故乡的云下
人们依然如故,时光的颜色
稍微加深投射到脸
离开近二十年
我也只在这个中秋
体会到云之美

好像更新了血液思想
重新开始人生的第一课

注：花大姐、水包头，分别指七星瓢虫和蜻蜓，晋北方言。

清洁

昨日小寒，天早早暗了下去
早早归家，那个空壳子
我在亮起的白炽灯下擦拭过往
有什么被忽略了？只是忆起
大学时图书馆门外的一棵树
被绳子从各个方向拉扯——轰然
倒地。或者歪曲站立，深深刻痕
永远是两极世界，桌上谈标书合同
牛羊们在盘子里成为菜肴
我深深记得来自母亲的体温
至今没有消散，它调整中的传导
让这空旷的寒风有了自省
让这盘子上的油污有了被清洁的
理由。我这寒热不均

立于新年的门槛儿,你这广大
不声不响绝缘体的持续

明白

饿了想吃困了就睡。睡醒后已是
下午五点
空度时日的罪恶
是谁赋予了我这种念头
我想起重庆的老兄李文武
读了他一组新作,完全在裸奔
修辞,耻辱好像
要展现自己的柔情和混乱就是
夜里起来小解,对着月亮
抹两行泪水

前几年,他每喝必醉
也必然把空了一半的床留给我
冬日早晨天蒙蒙亮

穿过曲折窄小街道,我挤车回华岩
并不知道一个瘦弱秃顶且离异男人的
心事
如今他又找到了爱情
小酒喝上,朋友圈恣意洒脱
而我要打住对他的叙述,我是说
当年那个我是什么状态
在终于回忆并理解一段往事
并没有明白
此刻,以及很多时候的自己

今年夏天,我总是醉得很快

今年夏天,我总是醉酒

总是

把自己喝飘,飘荡在天上顺手

撕了一片白云

我亦是物体一种,被需要啃噬和吞咽

被梦幻颠倒

飘飘荡荡,大声武气

一开始的谨慎克制,酒过三巡

已全然不顾,要表达 A

表达 B,山林中众人篝火之舞

赤脚踩在大地,左抬

右落,尽情唱着古老的歌

这内心闪现,包间里

一杯普洱以应作壁上观

一杯饮料当对为清清然

我起身去找那对饮人,我说

我们一起喝个满壶

虽然,后来,总是飘在出租车上

总是

被室友架着走上七楼

今年夏天,我总是醉得很快

也如流水一般花钱

有时半夜醒来一阵紧张,转复

又睡去,神依然在你身边

希望看到兔子

希望看到兔子,这是很跳脱的
沉静的水面,鲤鱼弓起身体
像一道彩虹——雨后的人们
眼睛。从此就镀上了

溅起的白色浪花,有牡丹
迎春花、狗尾巴、青青叶莲
总是在这个季节,我们的生命
因为一个词语忽然轻盈

所热爱的兔子,白色且静安
丛中打洞,把菜叶咬个自己的
样子。在有无中一蹦一跳
只是一蹦一跳——

她并未出现,这让时间迟缓
让尾生继续抱紧柱子
而溢出的现代意义
从此各自,共同的自我救赎

立秋小记

半夜小聚回来。早上
关了灯,洗了一堆衣服
天气依然很热,骑车去办公室
念诵了一会儿地藏经
前日,那些去世的亲人回来
围坐在我身边
或许他们想告诉你,面对
很多事,应该三缄其口
风吹枝头鸟巢,我注意到更大的
清晨和夜晚的薄雾,光的折射
五彩斑斓的云霞胜景
并不会害怕栏杆之外
和脚下山谷的界限
当你身处其中,飞鸟就是

不断翻飞并长出新的翼翅
又或者，另外一种形象
在接受这节气带来的喜剧洗礼
做了核酸再去登高

操作台

朋友每次来都笑话我的办公桌
永远乱糟糟书随意地摆放
我也是兴之所至像个猴子拿起这本放下
那本眼睛又盯着电脑某公号推文的
一座座山丘翻越常疲惫瘫在座椅
其中的一颗螺丝掉了正好可以晃荡
的山丘下面堆着日常用品比如碗
我意识到了物质形式对肉身的发光
但乌漆墨黑时需要的是另外一种
这个世界最初的形成与我们后来
让攀登者一直在这种起伏中犹豫
也不管了最近集中精力读埃尔诺
她直接就飞了起来法国和世界运动
都在她的翅膀下她对普京和美国

嗤之以鼻以及一个人真实存在
解决吃饭和情欲的流淌而无规避
从远处看那是纸上重建了一个时代啊
引导着你在办公室犹如后厨忙乱
而端出一首味道似乎还行的小诗

石像的情欲

进入一种时间,就是进入一种
力
翻山越岭的善财童子,饥渴中
遇到了石匠家袅袅升起的傍晚炊烟
饱我肚腹暖我床盖
石匠对他说:成为石像,我们毕生的
事业如同彩练当空飞舞
而万物在大地上生长被庇护着
作为一种象征,后世的考察实体
那审美的造型——
双手插在袖里,山村老妪嫌弃扭头
高高的发髻是不可逾越的沉睡

那日和周卫民在明蜀王墓

一群老太太来去

恍惚为轮回中的宫女

我触摸冰冷的墓门

在空空的藻井莲花中踟蹰

内心里一个声音,那石狮仿佛抖动了

"给我今天

给我梦幻的花朵和晚餐"

第六辑　今夜的母亲

挤压

1

在早上的清洁中
我过完了另外的一生
打扫过卧室,那里有我的童年
打扫过客厅,青年时代
伴随人世的鱼钩
荨麻疹般回应着几多窟窿
此刻,秋天,已是午后
意念中有个声音
另外之外的我正艰难出生
未料到的,仿佛拖着截尾巴
不知藏哪里而总是傻笑
风割着脸,瘦孩子大街上走

不断遇到自己

水泥路盛开众多女儿
母亲遍虚空

2

朋友寄来凉粉，当地
传统小吃
巨大的喧嚣轰隆
凉粉在凉粉中，锅中过水
粗，不安分，依偎碗中
必须如数家珍：
辣椒
酱油
腌菜
葱花
橘子皮
麻油
花生
每一种都想在你口中争先
麻油先至味蕾升入鼻腔

辣椒和酱油的混合

葱花和橘子皮又将那种重

轻轻拉回。腌菜是听哧楞声

花生让你踩在大地上

本色行事

我在里弄

3

回忆占了上风

还是今春,早起每天

去厨房里向铁锅问好

和铲子、勺子、菜刀、案板

以及碗筷握手

你是个乐手,逐渐掌握了节奏

小米粥浓稠方妥帖

凉拌菜要用黄豆酱

一三馒头,二四面条

周五睁眼就去买油条豆浆

碗是怎么打破的

晨祷是怎样中断的

这里面的伤害如同漩涡

你是个魔鬼,写着爱的诗行

那不爱

要求对应整个世界

4

自知渺小

浩浩汤汤所以

扁舟一叶素月将光辉分洒

一个人打开心门:先天下……

后天下者张孝祥,洞庭湖上

水波的连接横无边际

反光中的自己冰雪般透彻

他豢养了一条蛟龙

一口就能吞掉西江,喷洒在

北斗之上露珠闪烁

列位列位,你们都是我

至上的宾客忘记时间

而我们在钟表上走得艰难

洞庭几近干涸,镇江塔

水中始露塔基

河床上晒干的死鱼要祭奠的
上面是个病句，没有死

5

船走得慢了
仅有的必需的船进入深海区
一个巨浪扑来颠簸
心也要从胸腔蹦出
但我不必这样说话，有人病了
星星上也航行着船只
许多叫喊从天空传来
到地上时已没有一点声音
前面有什么在等待我们吗
水手屏气凝神，身后
被塑造的雕像沉入水底

语言之光明灭
孩子要在其中长大

6

人像钟摆

从左边晃到右边右边又晃到

左边

去饭桌上见人,在美食中

见星辰大海在酒中

见悲情如梦尘飞扬

那部电影——"无任何抱怨"

出自黏土稻草与水之

糅合。星辰如此遥远

渺小地看着我们

嘉陵江平静复翻涌

水波破碎处,宝石的蓝光

有眼睛在其中睁开

静默居家之后

只听自己的心跳

7

平均之死的山体崩塌

不平静的,丹桂秋高千树花

你知道你欠这个世界

吃了一颗葡萄
它没有排泄物,没有阴影

8

晨起熬粥、清洁
坐定编稿,忽然风雨雷电
被击中鼻孔耳朵冒烟
欲联系那文字肇事人,居然
有他微信,再看
朋友圈一条横线烟雾苍茫小孤舟
还是推门,右手紧握
没想长廊花团锦簇,厅堂正中
摆放着一颗夜明珠
那肇事人肯定全责
他向我坦诚了自成长以来
文字怎样成为闪电却缄口不言
我悻悻而归,我满心欢喜

有片刻的隐身
半个臀部却露在外

9

是谁让日子回响

在属于文化的气流中滑行

此事古难全,东坡肉今年

只能独自吃,咬住了舌头

踩到,自己的影子

到心里去看月亮吧

现在,她还迟迟未升上来

(抱着琵琶)

"完整而又原始",为什么

要抬头,去看月亮

为什么在月亮前,要有心事

月亮照耀是因为

无暇心境对天空的反射

迎风送雨又,抖落尘半身

今晚,保持着同样的

一点清辉

注:"完整而又原始",奥登《这月色之美》诗句。

10

通过我活着的
土地、风沙、血脉、前世
身体的记忆在迁徙中变淡了
五颜六色的习气
还没荡尽而跟着其中一种奔跑
我是怎么来的,又如何需要
像一根针站立在天空之中
在早晨例行的核酸检测
当穿着拖鞋下楼,表姐的话
"无甚长处,养活了
一头老毛驴一头小毛驴"
当打开健康码,布罗茨基引发
关于教育,一个人
终将在荆棘的血泊中认领
张开嘴巴让一根棉签探入
黑暗之所何曾盛开过花朵

秋风在阳台上吹动
吹着泪与笑的废墟

11

进入我生命
回到彼此拿起方戟
奔逃在羊肠小道万物闪耀
你常喜欢停下来
阳光穿过树叶打在泥土上
烟岚中的鸣叫与烟岚明显有了
灵魂的不同质感
千山鸟飞绝只是
外部生态问题需要治理
别哭泣,即使人生
是种借宿角落里的旋风
飞舞也有一个自足世界
有天你说七月买的花
八月晒死了到九月又发芽
足以抵挡,门外轰隆隆
又和风细雨的暴力逻辑

还在一条小船上
以对方为光

12

干涸的鱼嘴翕动
喉咙的黑暗隧道
满是可乐和鸡翅
"吾与城北徐公孰丑",挠痒痒地
把你的神经像弓弦拉满
回弹声响,一个人被扔向天空
掉到沙发继续围在一起开黑

一次性的,我总感到这个傍晚
想要取消过去的苦难

13

不想快与慢,不辨名与物
今天讨论了很久,爱了
很久,还是在词的阴影下
把飞鱼穿起来在陆地爬行
一项伟大的实验,采烈
你不能说那是荒谬但自身一定
要更轻

山僧就是山僧，甲子数着甲子
树叶凭借风回到泥土
秋，禾苗点燃，只是关于活着
没有其他一点火星

夜啤酒的尖嗓跑调又咯咯笑
楼上的我竟觉天籁如同

14

索性从失眠中起来
再次看着月亮，此刻
不用再推石头
啰唆的劳什子挤占我们
抖音挤占我们，马路挤占我们
出于防控需要
城市的那种空挤占我们
在面壁式的自我映照中
你获得了深浅的羞耻知识
天空逼仄，匍匐行走
见过一个面容坚定的人
确信来自另一维度

他就在我们之中，并伸出了
由竹子编织的莲花之手

轮转的渊谷中，有一条
"刷牙时关上水龙头"

今夜的母亲
——悼老姨

1

死亡已经越来越不稀奇了
老姨,当我知道你被害的消息竟然
十分平静,我在一个环环相扣的跑道
推着自己的石头
下午三点多,一些细节填充进来
突然失声但又立马变得正常
终于在傍晚的魅惑下,楼下的酒馆
在旁人的不解中毫无掩饰地流泪
我依然不能发出声音(这不礼貌)
依然不能理解这个世界,为什么我们爱
得到的却是恨甚至强行剥夺

我们回不去了,你那初为人母
需要我去帮助开奶而奖励的核桃罐头
那漫长夏日,我龇牙露齿
爬上你家门前杨树逮天牛的顽皮
用一根辐丝把无辜的它们穿起来
看,其实罪恶早有端倪,这个世界
正快速越过我们的美梦直抵冰冷和衰老
你甚至还没有经历自然的衰老
而冰冷地躺在了殡仪馆里

欢乐似乎越来越容易,痛苦越来越难
抖音快手里,我们主动消解着自我又被
收割,我们乐此不疲
后来一些日子,老姨父跑长途
你就靠看快手打发时间
你的期望实现了吗,为那个血脉情深
得了精神病而时常癫狂的儿子
愁他这么大了没有个事情做
没成家没房子,你们,太多的宠溺
让他无法站立无法接受成长的磨练
这是一切的根源吗?不
这是你欠他的要以这种方式一并偿还

你欠这个世界的,要以他的疯狂
在至亲的人身上回应这一切的漠视

老姨,人生是一杯自酿的苦酒
我们曾经喝出了欢快的味道,剩下的
就一饮而尽了吧,从此你也可以解脱
只是朔风更紧吹塌了我们的房子
何处可依,无处可依
当小外甥女四处喊着找不到你的时候
当一母同胞的老哥哥老姐姐看到
花朵的凋零总是从最小的那瓣开始
老姨父这张拉满的弓,再也找不到动力
并不能想停就停下来
而跟着那洪流的节奏去再次接近
我们心中仅剩的——点点星光

2

一直处在悲伤的中心
在洗衣机的转动中相爱和怀念
上一代人的凋零不是从你的去世
我早早意识到

更因街道两边的树植

只是作为装饰或用水泥镶嵌住根

见过青城山路上的

她们挺拔,无枝节,直冲云霄

都是一生啊,站立的位置

使你疼痛地生长

流水线般经过彼此苍白的人生

行着注目礼

该作何表情,无聊的深沉的

再多的春天和繁花都带侥幸

一种自怜,本身的罪

3

姥姥姥爷有九个外孙

前七个,跟着时代朴素的脚步

该做什么做什么

他们的人生像风吹树巅

摇晃着的树枝和叶子以及飞来的

鸟,让天空和云深远

我出生在八四年,是个后进生

至今还在自己问题的中心呛水

更多时手脚并用挣扎
远处的人看到并惊讶：看
那个人在水中自在舞蹈
而老九吴波，从小额头就大
亲戚们开玩笑
"下雨都湿不了眉毛"
谁能想到他竟成了电视中看到的
杀人犯——死者还是他的
母亲。

深深的耻辱，之后是自责
他写的网络小说让提意见
我只是敷衍了几句，但为什么
就不坚持为什么不用自身的力
抵抗活着扔给我们的包袱
弯着腰行走而无暇伸手的
冷漠。
为什么不靠自己建造一个
房子，那里面住着父母而选择亲手
毁了这个家

在姥姥姥爷已成废墟的房子边

有乡人建了一座新庙
碑文大约是多年无子以成功德
我常常想起这个小庙以及我们
过于苍白的灵魂
显然，我们只能在外面游荡

4

飞机中转大同，养育我的厚土
有人陆续下机回到闪烁的灯火中
五个手指回到拳头
双手合抱，节日的喜庆蔓延

我的心怎么了，熟悉中带着冰冷
夹杂伤痛——只能在机舱中活动
今夜的母亲在永恒中消失
母亲不在星辰之中，带着人间的罪

以项链，以铁链
拳头打向空中，看不见的刀与血
那只是水掺了太多的杂质
她将重新把大地洁净

5

仿佛一场梦,梦中人还在经历
所有生命都感应到了
来自莫名深处的进入
是要在面壁中看清自身的盲目
不堪与脆弱。有人在梦中发狂
有人如落叶归尘
空瓶子哐当哐当从楼梯滚下
又被捡回来放在桌上,依然
没有美丽的花插在其中
但梦的实质是另外的部分
另外的部分也有一层塑料纸
以此类推,总是踩在棉花上
棉花说不是脚而是肚子
肚子委屈,以前肚脐不是朝下

死去的人会有什么感遇呢
听说,地下出入也要查看核酸
牛头马面也时刻关注
特朗普 2024 年是否再次竞选

6

又是一年，5月12日
铺天盖地的报道，很多人
回忆地震时在做什么
我也有转变，一支蒲公英在飞行中
无法判定是不是他的意志
肉身与时光摩擦的火花飞溅
坠落时不知哪里的哀鸣
细数过往的遗憾
在一种饮鸩止渴中
如果我们是死去亡魂中的一员
这个世界会好吗

恶俗并非怀揣恶意
捆绑着5月21日这天
仿佛被集体拉上某辆大卡车
半夜又被抛下来
荒郊野外中，清冷孤寂中
终于看清头顶那轮月亮来自古代
想起老姨结婚那天
被要红包的老姨父爬上了房顶
他年轻喜悦的脸庞还在我心里倒映

如果爱无法照亮你我的生命
这个世界会好吗

7

那爱又是什么？！
我总是看到自己的脸

江河流淌
月亮打赏着金子

8

一代人的成长……
那些，曾经，被视之为同天上星辰
不过是画布一角
有人不小心打翻了颜料桶
世界的秩序瞬间模糊，听说
外星人也要登陆地球了

依然战战兢兢
只能在回忆中取火
事实上，回忆中都是水，漫无边际

我们能给赖以存在的大地
一点点真正的给予吗
不能取消的"我",我取消着一切
那城市森林的废墟
一个诗人写着致星空的哀歌
人头攒动,他走入一条小胡同
有人吞火有人挖眼
所以古人发明了中庸之道
发行部老黄也说,平衡一下
别让自己成了傻子

这一切的根源尘土飞扬拔断了
刚刚冒出嫩芽的草
我们在残缺中通过手机嬉笑
用那种热闹包裹残缺
每个生命内心的呼喊
每个流水线上日常的陷入

9

后来知道,吴波在网上赌博输了
被要债,被恐吓

母子激烈争吵

才有了无法收拾的残局

菜刀是用来切菜的，成为凶器

回到动物本能，有没有这样一种

我生了你辛苦哺育你，然后

你再把我吃掉

山水世界已经破碎了

难道还要在钢筋水泥的丛林里

再给我的心扎一把钢刀

我们不再爱了，每个人都是座城堡

等待垂垂老死其中

整个世界的荒凉，荒原

仿佛进行着另一种轮回

"我们欠死者什么？"

老姨，你的形象模糊

当别人问我近况，我说老姨离世了

回答是"哦"

你会变成另一种形态回来是吗

我会在流沙的文字中

祈求你永在

10

吃着外卖转而举起炸药
这是共同的姿势
在一种新的背景音乐中定格

成为螺丝钉,闪闪发亮
终究不过是一颗钉子刺入了肉
狂歌痛饮吗,有人跑进深山五年
又当起了小二

我辈已如浮土终扬弃
那焦虑漫延,身披盔甲
终究还是给虚空蒙上了阴郁

成为人——
照看天上星辰也照看
熟睡中的女儿,那只猫
学她并排睡着

转身

1

依我的性格与才地
就适合去山中做个野僧
和那些花草一样,无名
自然的生死。为一件事来
靠给死者守墓得几个零钱
为一件事去,常常
斜倚墓碑,喝到高兴处
敞胸露怀亲吻树的脖子

有往来之朋,一个死了老婆
一个,并不知过往经历
附近的山洞都去看过了

哪里兔子经常出没,哪里泉水
可洗濯耳朵、眼睛和心
最喜日出日落,盛大、壮丽
而经常无端透明隐身
怀想谁?长久凝望匍匐痛惜
内心轰响的唯一著名

但我现在还没有转身
侧耳倾听,人世的墙壁轻敲

2

就像去买袜子
总要在货架前挑很久
你弯下的背、弓起的腰
因长久注视日常
无形之眼的冷淡阴影

而我受制于规则之爱
翻腾、奔涌、溅洒
想像杯子使劲儿摔碎自己
这才是一个人远离人群

露水中保持完整
映射——鸽子在房顶走动
门，轻轻就合上了

3

要原谅自己
一支盒子里的洞箫
在那一刻，盒子
不是事物的反面

谁如此愤怒，高贵
在另一刻变换着脸谱
这清浅的流水，我早看惯

夜里翻看旧书
还有梦。虚无感却来自
一次性快餐和纸巾，一次性的
全扔进了垃圾筐里

打碎怀抱。重新计算
祖国、山河、每一个人

对不起我们根本没有
——可能

看见衣服没洗
我还站在自己风雪的门外
等待轻轻敲响

4

……过后，世界重新开始
每个人脸上长一副隐形口罩
方便卫生和拒绝怎么都行
暧昧的氛围，怪不得
全球气温变暖
突然在某个时刻，给我们反击
茶饼一小块儿一小块儿地失落
冲泡，血

还没有真正警钟长鸣
至少在平素，为自己脸上贴金
"勇敢些——"
或许是自私换了种说法

嘴,性感的、歪斜的、厚的薄的
神经系统直接反应
《论语》和《道德经》出自那里
为疗形枯和饕餮出自那里
我们,细脖大脑的肉身被灌满
欲望翻卷着

而古人的教诲正在林中空地
阳光,一缕青烟,梅花鹿抬头
轻轻地看着你
作为诗人,语言世界的存在
楼下一辆停着的轿车
正是通途和载其四位
生老病死。如果不懂得沉默及
沉默中的哀鸣
那审美的棉袄妖娆花哨

……过后,我也想做个转身
转眼春日也将尽

折耳根

1

父辈们至今不知此为何物
这是我的人生
在他们的经验中稍微偏离的地方
我在成渝已超过十年
也有要把偏离无限深入
画着自己的圆而滚向最初起点的
半径直径

我是说,做个诗人有多难
地域的影响
天气,食物,感受和沉浸
还得有跳脱出来的回望

你必须和世界保持一种若即若离

房梁老鼠深挖着天空

2

如此拖沓也只为说明自身狭隘

真的改头换面需交出灵魂兑上糖水搅拌

那童年的叙事方式失效了

从方言进入

进入血液和骨髓

对形式的看重日益加深梦的颜色

对病句常青眼相加

比如早晨新闻有人决定

放弃自己,暴露了诗人先天的一些特点

很少去怀疑

很多事,人性深处的黑点

3

将进入折耳根高高的墙

攀爬,城墙的另一边没有梯子

直接掉下
当你咬破那白色的根茎
瞬间走到味觉边界
张飞在此守候一阵乱砍,骑马掉头而去

当你咀嚼
谁的洗锅水要冲服过期甘草片
谁的大树被连根拔起
泥土中蠕动的虫子
钻到了天灵盖,顺便连接了闪电
哈雷彗星提前到来

4

对折耳根本身所知甚少
即使你凝视
她溢出的部分最终和语言的影子以及
或许那个下午的一顿火锅
作为蘸水一员
砖头也传播她的味道

归于文化的意义还是她进入肚腹

转化于血脉

我越来越不像我的父亲,却越来越

爱他。我越来越不像个诗人

诗是什么

服从于她的需要

晚樱寂寂,一只翠鸟叫了几声

小面

我是在吃了一碗牛肉面后来写小面的
我是在傍晚而不是清晨写小面
我在成都，不在重庆
小面的动作——吃——不是写
小面的自谦，小山海而同众
不像我，至今没有改掉自大
来自家族的血脉，铁锅炖的锈迹

后来开始理解小，那只是一个虚词
一把碱水面，十八种调料
配菜也要有谦虚的品质——藤藤菜
实则空心
小之小，一把塑料凳子就是桌面
它上面的小宇宙，将山城和江水唤醒

麻辣鲜香得在体内升腾新的一天

对于小面,自有一个朝向的中心
一直盯着制作它的厨师,瘦干或肥胖
腾挪运转间,神开始诞生
我有回忆,为在西师初吃小面二两
人生展开新的路径
我有艰难,为在交错的人世
低头吃着小面而春风暂忘

但实际是牛肉面,找不到小面
楼下随便点了一碗

注:"西师"指原西南师范大学,现改名为西南大学。

回锅肉

似乎没有哪个菜门派林立
一个成都蜀黍在骂一个重庆学者
关于回锅肉怎么做
她的灵魂
今年春天,阳光和煦的正午
加主布哈拈起一块回锅肉又放下
越是家常,越惊心动魄
二刀肉必须的,郫县豆瓣必须的
蒜苗必须的,甜面酱必须的
智力上的平庸和人格缺陷
甚至相貌
因为这种手艺带来的链条辐射
一只松鼠有了
对星空的仰望

肉煮八分，大片且薄
颠炒后要微微翻卷
那种分寸感那种混合
在肥瘦甜辣的味蕾转换
一会儿走在云上，一会儿潜在水中
又忽然从地下跳将出来
而本地人不以为然
他只相信打小妈妈的味道
"有什么配菜就做什么。"
那是自在的几片回锅肉
以至于现在还在它的小旋风中

注："蜀黍"，网络流行语，源自"叔叔"的谐音，现成为"叔叔"一词的代称。

烧白

南方的梅菜扣肉和他是姨兄弟
北方的小烧肉是他的表兄弟
他有一个妹妹,叫甜烧白
自是另一段历史与风流
风吹雨打的,先煮后炸再蒸的
能下酒的,配得上水码头的
但这事儿得先从一头猪说起
精致的文明有一把尖刀
生命只是其他从来有之
啊五花肉,千金裘
呼儿将出做烧白
烧白不白,芽菜覆埋
初是肉片蘸汁挽芽菜于其上
过火焰山而无惧

铁扇公主哂笑且放你一马
也因那菜香穿透肥瘦相间
对流几百来回
终是人世颠倒菜颠倒
头顶瓷实大地
行走在软烂醇香的云朵上
戴哥齐哥,再喝一杯乘兴情
万古云霄神灵无迹
明天起早恐龙抗狼

注:"恐龙抗狼",网络恶搞之语。

魔芋

某个星辰和她对应着

她藏在泥土里,比起人类的
急功近利,乐于展示自我的愚蠢
先睡个觉再说
或者——我藏好了
你们先去出生、长大、变老
再来寻找我

这已经近于一种根的理解

一直没有进化,三千多年保持着
毒性
给自己的花朵取美丽名字

佛台前燃烧的火焰

忘记那些前世今生,忘记语言
尽量和土豆一样
但她的魔子魔孙潜伏着
伺机对触摸她的手奇痒难耐

碱又是如何被发现并命名

中和的道理,原来是星辰之光
这时候才有了爱情和炊烟
(万物皆可,不物于物)
那是一种什么,颜色稍深的固体
你吃了
继续寻找着灵魂的盐

泡菜

1

谁说的，写诗如同请神
那些随时随地
在手机上就能写的
是把神捆绑在上面了吗

小虫不然，他那点儿才智
需要给自己惯性的生活
按下暂停键
让万物开始说话

2

这世界运行的规则
上午吃鸡
下午吃酒
午睡可以视作一次逃逸
有人去了阿尔卑斯山
有人在中途被快递电话喊回
愉快的一天
符合我们的期望
没有用一点点心

3

如此之小,不过是个
客体
衍生一二三
三生万物不在点上
产生的错位
挨着不知哪来的巴掌

4

泡菜依然在从属之位
如同这首诗里
要表达的未表达的
在一个桌面
开胃是它,被倒掉是它
它它它它
不就一盘小菜吗
依然没有言语

5

天外飞仙一个坛子为她注解
"清康熙开光泡菜坛"
四川地形中间凹陷四周隆起
为她注解
泡吧,反正我满脸菜色
而很多时间那泡菜坛子
像个坟堆

6

何时起,只关注生活的
细节
坛子要陶做的,菜要少留空隙
最好是自贡井盐……
泡菜泡天下,天下各分工
工工其上,也只是一把精致小刀
割你的肉割你的心
但不会致死
没有了山谷中声音的指引
洪水肆虐,那头金黄的老虎
越来越瘦弱地看着
这人世的一切已经这么热
醒来,一碗稀饭一碟子泡菜
仿佛创世纪刚刚开始

7

洗澡泡菜洗到一半
听说客人着急吃
主动从陶罐里上来了

这不是吃的问题
她的形象感和想象力
先由四川方言说出

吃词
然后吃泡菜

8

八月困顿,难安身心
泡菜非菜,黄瓜非瓜
这一切的道理
要么,太强调我在
要么就是作为资源的背景
忏悔似还来得及
你已弯路太多

哈戳戳

这应该是一种站立的形象
"两边一色戳灯,照如白昼"
语言给人暗示
大脑打开机关
血液的流速,颜色都在变化
曾几何时,我们漂流其中
不停吃着自己
果实与排泄物。再反射到中枢
有警报响起,那个词
要出来了带着火焰、刀剑

古典主义的尾巴并未切断
仙人还寄居在话语里,一种声音
鸟听不懂,驴听不懂

就以站立的形象咒骂他们
但从骨灰盒顺溜地滑到地上
屁股沾水

请原谅,我们不懂幽默
南北分界时执刀者的手颤抖了
"戳戳"随即被赋予不同面貌
哈戳——
不够亲和,来点美声吧
这里流行小调
派生出真假美猴王

后来我认领了在世间的
未成形的样子和这个词有关
击溃肉身
如何对待这个世界
每天饭前三问

不晓得

用普通话去念这三个字
像腿脚不好的下楼
安逸惨了的
是对面坐着的那郫都人
他一开口，春风就来

这是夏末立秋
三个季节的交织
在火锅店吃火锅，却被
另外的时空影响着
鸭肠也有些蠢蠢欲动

对这三个字进行审查
它死活就这三个字

青城山忽然来信
宽松的衣衫装扮
腹内挂着洪亮的钟

可是弟娃儿,我只
喜欢小曲小调
昨晚山中一阵急雨
落在荷花的大盘盘上
梦幻了千年

而你的城市越来越精确
越来越严丝合缝
在一个共同的氤氲里
晓得也是不晓得
不晓得就是不晓得

抵拢倒拐

所谓"方向",不过是
以自我为中心
但还会经常灵魂拷问
——我在哪儿
找不到北的人终于到了北边
刹一脚的人结果超到了洪城

在梦中争吵的疲乏早晨
窗外,火腿肠包装皮卷曲着
和尘土已结为一体
在风的吹动下微微颤抖
而生命的泪水与洁净
竟是另一些事物赋予的

就是这种轮回,不再去辨认
怎么走
沿着这条路一直走再拐一下
拐到哪里至于
再稍微转一丝丝儿
土房子旁的几根桩桩儿

那里依然不是目的地
所有的目的都让人怀疑
抵拢只是短线距离,而倒拐
抛物线,杜尚之泉
虚幻的真实这里诞生
众多的我们渴望着一滴

妈卖麻花

我们是文明人,我们

不说脏话

不讲理的,挤对你的

表面糖衣背后使刀子的

往海里倒废物的

统统邀请到家里

有种特产叫妈卖麻花

祖传的手艺

金黄,酥脆

你们也可以尝尝

我家里热情又好客

千万不要客气

儿豁

现代汉语不会这么简洁
古蜀的血液还在这些方言里流淌
故意先低人一头
整个事实却有一个口子
小口大腹

也许天空的锅盖本身低矮
跪久了的姿势一直以为
那就是顶天立地
当儿子也没有错，何况
那不过是下棋和美美与共

但你美的是什么共
苦苦坚持着的，傍晚会不会

就可以到达山那边的彩虹
而当夜幕降临
只有天上的星群和冷风

永处偏旁世界
日常，烟火，交换（侵略）
从事实的口子往下看去
从来没有事实
语气氤氲，调和着死亡

词语的干尸，我这个卵人
以及这个无聊的下午
被拉扯，拖进无底深渊
还保持礼貌微笑
我这个卵人，没救了

老师

"行千里,致广大"不是吹的
大江大河养育的儿女
自然大开大合
本是码头人,却说仔细话
三百六十行,皆为地菩萨
何况,我们还拥有对应的天空
那里的烟云和雾
是不知谁在吃着火锅

从我踏入重庆,就迷失在鹅岭公园
巴山夜雨,几次登缙云山
以为一生就要深扎
三峡险峻存续在白居易的诗中
他的忠州和荔枝一起寂寞

他被一个外国诗人续写并称之为
秃头老政客——而这
只是江水的一次青绿继而泛红

谁能说一个人的命运又不是披挂
逐渐穿上盔甲
尘尘网，层层皮
终发现赤裸以对，张爱玲所描写的
华美的旗袍上爬满虱子
回望泪眼婆娑，可怜你也可怜他

我已无心，因为漏洞百出
没有所以，横陈废墟
"老师"是谁，你被牵引
略带美声效果，秋天
也可能还是那个快过年的冬夜
共同吃了两颗干桂圆

跋：灯盏或古老的心

事实上，成为一个什么样的诗人有时不取决于诗人自身。杜甫在长安的十年，其水准也就是中等以上，他的超越在于到了三峡之后，地缘的赋予、个体生命的逐渐凋零以及对忠君报国的无奈，三者的偶然集合，才有了《登高》《秋兴八首》这些律诗的集大成之作。当然，他自身是一个接收体，接收天地万物的信息，然后辅之以浊酒在胸中悄然做了转化。

去世了几年的扎加耶夫斯基，他的被迫迁移和主动自我流放，对他自身的打开起了很大的作用："我就这样到了这里，像一个小潜艇上的乘客，潜艇不止一个，而是有着四个潜望镜。其中，主要的一个，面向我本土的传统。另一个，朝向德语文学，它的诗歌，它（曾经的）对于永恒的渴望。第三个，展现的是法兰西文化的风景，它富于洞察力的聪明和詹森主义者的道德主义。第四个，对准了莎士比亚、济慈和罗伯特·洛威尔，富于独特的魅力、激情和对话的文学。"

成为一个诗人,这也是冥冥中的安排。我在初入重庆时写下的长诗《一个诗人是怎样成为诗人的》对此做了诗性的描述。你来到世上,有一个事情要做,在这个过程中,所有的磨难和助益都是考验,考验你能成为一个什么样的诗人。但事实上,我们对外界的接受慢慢变成了依赖,界限的模糊使我们的面目看上去都十分模糊。遵循仁义礼智信,但诗歌的内部伦理在暴动,犹如三月的桃花一夜间开遍了成都龙泉驿的山头。

诗人何在?我们已经忘记了但丁《神曲》和艾略特《荒原》所描述的世界,甚至波德莱尔的《恶之花》也成了当代诗歌室内风景的"干花",以及兰波的疯狂、金斯堡的号叫统统转变为互联网时代的一次隔屏观看,而后,晚饭开始了。诗人在流水线的日常中想起自己的内心,它似乎很久没有波动,没有对世界和周遭正在发生的事情关心了。棉花大战开始了,搜尽肚子中的语言和词语,觉得无话可说,或者没有找到合适的表达方式,只能作罢,等待诗神的下一次降临。

所以我们的诗也开始改变。我们呼唤日子的小花布,呼唤在日常中一次又一次抵达诗性的花园,实际上只是诗意的平滑抚摸。写诗时的紧张如走悬崖峭壁,词语也有陷阱,你必须一直是个充满警惕和怀疑的阴郁的肉体,你必须适当远离人群而在枯坐中得到一个来自某方面的提示,然后才开始书写。在这个写诗的过程中,一方面是你长久坚持不懈的诗歌素养的训练,一方面是那种提示引导着你蛮荒地分行,仿佛走完了一天,下一行就是接着走一月、三年五年的东西……在某个词语处,空间的门铃已经被按响,几乎是毫不犹豫的,你大步走了进去。但也有例外,并且常常发生,你反复修改,现实和语言的交叉之处缠绕悬挂着绳索、石头、生铁、荆棘……

"人,诗意地栖居在大地上",成了诗人们的一个需要不断思考的命题。虽然荷尔德林对这句话提出了四重域的阐释和构建,但在海德格尔那里却又是另一种现实境遇。诗意地栖居,意味着人首先成为人,离开相对文明的秩序,其背后的思维的运用从未因为时空的转换而有所转变。人从时钟里先走出来,走向原野,成为整个画面的一部分,而不是这幅画的作者。他终于找到了重心,因为双脚踩在大地之上,天空、云彩、河流、草木才对应了这一切。重返原始,才能抵达诗意,而此时的诗意,就是我们一直用诗的形式创造、保留的诗性。

海德格尔可能另有其他意思。但有一点,当人终于能够诗意地栖居在大地上,"死亡"是题中应有之义。1963年出生的山西诗人雷霆,我刚学写诗时与其有过一些交往。我惊叹于他诗歌中悲怆的抒情深度,是当代诗人里难得一见的案例。他平和、仗义、隐忍,最终重病仓促离世。在世俗生活中,与荣誉、利益、美食、友谊、风景等相比,唯有死亡能稍微唤醒我们一些什么。死亡逼迫我们调整自身,它无处不在的凝视取消了很多看上去有意义的快乐,它告诉一位诗人,时间可能不多了,不要等待那一刻来临才发现任务并未完成。

我在重庆华岩寺抄写碑文那几年,有一次抄写到了双桂堂的一张拓片。是一张只有四个大字的横额"灯传无尽",左右两边的落款,可能没有拓印清楚,当时也没在意。后来在一次资料的阅读中才知道是时任清朝封疆大臣李国英题写的,就在双桂堂破山石塔之后。这四个字意味深远。佛家讲究拈花一笑、以心传心,历代宗师开山传法,才有了佛教不断被破坏但从未有阻断且获得良好发展的此在。正念的培养,因果的真实不虚,教人在人间逐渐剥离过去的自己,不断接近真相,抵达内心的平静。诗歌不也是这样吗?我曾有首诗《正午时刻》表明了这种心迹:

我在春天阴郁中的喊叫
此刻,小满与傍晚
一泡清凉的鸟粪

于是就有两种爱
一种用于自守,另一
写成没有文字的诗

心碎于野
我为露水的恩泽活着
为了在消失之前的正午

诗成之为诗,一方面是语言的世界,另一方面是现实的世界,在本质上，相互交织、相互促成。但他们之间的关系是独立的，一个诗人为语言卖命，这本身无可厚非，但一个诗人同时在现实中也允许以肉身为笔，主动成为光，照亮温暖别人，这也是自古以来的一个传统。老杜即使在茅屋被风吹掉之际，心里想的也是苍生之苦。这种大悲同体的精神说起来不免迂腐，但仔细深究又觉得，作为一个现代诗人，我们也需建立广阔的人文视野和精神高度，这也是一个诗人最基本的诗歌核心质素。而同时，诗人与诗歌的存在，也类似于一种载体，就是将我们"古老的心"传承下去，像灯盏那样，从一只手传递到另一只手。

因为工作的关系，我对当下的诗歌现场有一些印象。一种消费主义式样的、单一的、取消了阅读基础和难度的诗歌大行其道。因为一些读者时间有限，加上工作、生活的压力，所以从本能上选择在休息的间隙阅读能读懂的短小的诗歌作为安慰。部分诗人也意会到了这种讯息，写作上更为随意和直接，而没有在更深的地方去做探索。这应该引起我们的重视。

在当代，部分成绩卓著的诗人确实高山仰止，不断自我刷新。在青年一代的写作群体中，有志于诗的诗人也非常多，新的诗学方向和可能都在酝酿和显现中。但正如开头我们所谈到的，一个诗人自身的轨迹变化有时会给诗歌带来奇特的命运，这也需要诗人本身的心性、诗歌技艺、阅读和经历结合起来才有可能成就。

诗到最后是心性。心性是最重要的。心性好的人不用训练，一上手就能写很好的诗。当下、看见，是现代诗很重要的元素。现代诗出于文体要求会显得晦涩，会抛弃我们一直强调的通俗性和可读性。而所谓的"现代"，这里面更多的是秩序构建的冰冷，是我们被裹挟其中的喘息。中国古代无处不在的温润和山水精神挽救了这个局面，它就像一把雨伞遮住了我们被雨水和尾气弄得很糟的脸。但诗歌也如同一个金字塔一样，需要不断攀登，才能到达顶峰，宗教精神—哲学思想—生命体验—诗歌图景，具备了这几点才可以说接近了你想要的那颗夜明珠。

但说到底，诗歌终究是人类社会生活中很小的一个部分，她的易碎和不成型，使我们穷尽一生也未必能写出几首真正优秀的诗作。而作为诗人，你知道那是你安身立命之所，你的命运受雇于此，你必须使出比别人更大的力气来寻找诗。